RIIKKA JÄNTTI

Little Mouse

CROCU

Mausi wachte am Morgen auf.
Er war sehr fröhlich.

MÄRZ

„Komm, anziehen“, sagte Mama.

„Nein!“, schrie Mausi.

„Nein!"

„Nein!"

„Nein!“

„Nein!“

„Willst du dich allein anziehen?“, fragte Mama.

Mausi versuchte es …

… und versuchte es …

… und versuchte es.

Aber es klappte nicht.

Mausi ärgerte sich.

Mama half Mausi beim Anziehen.

Mama brachte Mausi zum Kindergarten.
„Eine Pfütze!“, rief Mausi.

„Yippie!“

„Wir müssen weiter“, mahnte Mama.
„Nein!“, schrie Mausi.

„Nein!“

10,90

Und weiter ging‘s.
„Guck mal, ein Hündchen!“,
rief Mausi.

Im Kindergarten warteten Mausis Freunde:
Pepe, Tobi, Violetta, Mimi,
Anton und Lilli.

Sie spielten.

Und sie turnten.

Dann aßen sie zu Mittag. Lilli mochte die Fleischbällchen.

Alle legten sich schlafen.

Mama holte Mausi ab.
„Hallo, Mausi. Wir gehen
jetzt“, sagte sie.

„Nein!“, schrie Mausi.
„Komm, wir ziehen dich an.“
„Nein!“

„Nein!“
„Doch“, sagte Mama.

1,90

Auf dem Heimweg gingen
sie noch einkaufen.

Zu Hause durfte Mausi
noch ein bisschen am
Computer spielen.

„Jetzt machen wir Schluss“,
sagte Mama.
„Nein!“, sagte Mausi.

„Nein!“

Zum Abendessen gab es
Würstchen mit Brokkoli.

„Iss auch den Brokkoli“, sagte Mama.

„Nein!“, schrie Mausi.

Dann malte Mausi seine Ausmalbilder aus. Er wählte die tollsten Farben.

Die Sonne malte er blau,

den Elefanten rot

und den Affen grün.

„Möchtest du einen Saft?“, fragte Mama.

„Ja!“, rief Mausi.

Mmh, der Himbeersaft war lecker.

Ausziehen konnte Mausi sich alleine.

„Zähneputzen“, sagte Mama.
„Nein!“, schrie Mausi.

„Nein!“

„Nein!“

Mama las Mausi noch eine
Gutenachtgeschichte vor.

Pscht, Mausi schläft.

MÄRZ

Umschlagzeichnung: Riikka Jäntti

Umschlaggestaltung: Laura Lyytinen

Übersetzt aus dem Finnischen von Ilse Winkler

Impressum: Die deutsche Ausgabe von Little Mouse 1 wird herausgegeben

von CROCU, Andreas Mergenthaler; Redaktion und Lektorat: Jenny Franz;

Druck: Hagemayer, Wien

ISBN: 978-3-98743-000-8 | www.crocu.de

Originalausgabe veröffentlicht von Tammi Publishers, 2015

Die deutsche Ausgabe wird veröffentlicht unter Vermittlung von Riikka Jäntti
und der Elina Ahlback Literary Agency, Helsinki, Finnland